无怨的青春

席慕蓉诗集·礼享版

席慕蓉／著

长江出版传媒 ｜ 长江文艺出版社

诗的瞬间

——代序

（一）

2001. 2. 21　台北至淡水的途中

所有的诗人想要叙述的，都是自己的生命。有人终于找到出口，有人却误入歧途。

我发现，原来我爱的常是那些知道自己已经迷途的诗人。知道这是歧路，这一切并非原初的想望；可是，那样的徘徊复徘徊，以及不知所从，或许才是诗的真义吧。

诗，不是理直气壮的引导，更不是苦口婆心的教诲，诗，只是一个困惑的人，用一颗困惑的心在辨识着自己此刻的处境。

（二）

2002. 6. 27　从克什克腾到呼和浩特的火车上

诗是挽留，为那些没能挽留住的一切。

诗是表达，为当时无法也无能表达的混乱与热烈，还有初初萌发的不舍。

诗，是已经明白绝无可能之后的暗自设想：如果，如果曾经是可能……

诗，是一件从自己手中坠落的极珍爱的瓷器，酡红与青碧，是记忆里慢慢捡拾的碎片上浮出的颜色和心悸……

诗，终于只能是
生命在回首之时那静寂的弥补。

因此，诗人与读者的沟通绝不可能在群众旁观之下完成。真正的"素面相见"，只有在独自一人面对书中的一首诗的时候才可能发生。

（三）

2003. 9. 18　草原列车上

难以形容在牛河梁那天晚上来回两公里如水般的月光，在通往女神庙的山径上。

两公里的月光，可以是一首诗的标题吗？如果要写，以什么样的字句可以完整地显示出那澄澈清朗的月色以及那层层叠叠铺满了一地的清晰无比的树影？还有，还有那安静地伴随在我们身旁的五千五百年的时光？

人说时光如逝水，可是，在蒙古高原之上，在这苍茫万里的大地之间，我却发现，一切都没有离开，一切都从未消失。就如那夜在月光下行走的我们，对松林间的光影并不陌生，只觉得似曾相识，如遇故人。

我在当时轻声询问朱达先生，土地是不是真的具有灵气？他说："有的。"平日沉默寡言的考古学者，心中想必另有一种丰美境界吧。

在母亲的土地上，我是备受宠爱的女儿，给了我教诲，也给了我，难以描摹的至美。

（四）

2005．3．15　野柳海边

昨天有新书发表会，在众人之前朗读一首旧作《借句》，读到那一行"要如何封存　那深藏在文字里的我年轻的灵魂"之时，忽然悲从中来，忍不住就落泪了。

难以解释的突发事件，找不出什么恰当的借口可以掩饰或者说明。

只能猜想，在诗里另有一个我，她的本质是现实世界里的我所难以了解和衡量的。仿佛她已隐忍很久了，所以才会突然出现，是生命内里的矛盾与混乱吗？还有不安与不甘……

在尘世间循规蹈矩地活着，参与着，似乎以为一切本该如此了。幸好，幸好还有诗，才能忽然在瞬间点醒了我。

（五）

2016. 3. 3　淡水家中

曾听一位讲者在台上说，要如何如何才能写出伟大的诗篇来，仿佛在传授秘笈般的慎重，我的心在当时就寂然退下。

人还坐在讲堂里，却已经听不见什么了。我知道自己生性愚昧，却不能不坚持，"伟大"这件事是不能事先预订的，而且与诗无关。

写诗是生命的要求，它要求的只是诗本身，并无任何其他的附加条件。

即使如杜甫也曾经说过"语不惊人死不休"那样的话，可是，我相信，在他每首诗当时的触动里，绝对不会有一个"伟大"的目标高悬在前，杜甫诗中的苦民所苦，是真正的疼痛啊！

（六）

2016. 8. 14　淡水家中

年少时在日记本里的涂鸦，源自流离与寂寞的处境，没想到，诗，从兹竟然安顿了我困窘的身心。那个年岁，诗，是在丛林里的冲撞，是终于完好地奔回洞穴之后静静流下的泪水。

中年的我，谨小慎微循规蹈矩。没想到，提起笔来，竟然如此执拗，从不肯对任何的干扰屈服，我行我素，一心想要寻回那些错过的溪涧与幽谷，那些依稀的芳馥……

如今，甚至也不接受我自己的劝告，明明知道去书写原乡那辽阔深远的时空沧桑非我力所能及，却不肯罢休。

诗，在此时，对我已非语言、意念和几行文字而已，它是生命本初最炽烈的渴望，如离弦之箭在狂风中，犹想射向穹苍。

（七）

2016. 11. 14　淡水书案窗前

感谢长江文艺出版社推出我的七本诗集平装新版，内含从 1959 年到 2011 年的诗作，社方征序于我，欣然摘取六则"诗的瞬间"献上。

很早很早的时候，我就喜欢读诗，写诗。到了高中，立志修习绘画，之后从师范大学的美术系毕业，再留欧专攻油画和铜版画，从布鲁塞尔皇家美术学院毕业之后，一面开画展，一面准备回台湾教书。然后，回到岛上，在大专院校的美术科系里担任教职，就这样认认真真地过了许多年。因此，诗好像就只是一种单纯的爱好而已，既没有明确的目标，也没有远大的志向，更没有机会去求得技法的精进；这么多年以来，只是顺从着心中的触动与渴望去写，诚恳而又安静地，一直写到今天。

今天，时光已老，我才在回首之时欣然领悟，生命中一直有诗相伴，是多么难得的幸福。

其实，叶嘉莹先生早就说了："读诗与写诗，是生命的本能。"感谢这美好的本能从来没有将我舍弃，总是不时现身提醒。

今天，愿以我敬爱的叶先生之嘉言，与每一位读者共勉。

生命因诗而苏醒

——二〇〇〇版序

　　散落在四处的诗稿，像是散落在时光里的生命的碎片，等到把它们集成一册，在灯下初次翻读校样之时，才惊觉于这真切的全貌。

　　终于知道，原来——

　　诗，不可能是别人，只能是自己。

　　这个自己，和生活里的角色不必一定完全相称，然而却绝对是灵魂全部的重量，是生命最逼真精确的画像。

　　这是我为我的第四本诗集《边缘光影》所写的序言全文，出版时间是一九九九年五月，离上一本诗集《时光九篇》的出版，已经有十二年之久。

　　时光疾如飞矢，从我身边掠过，然而，有些什么在我的诗里却进行得极为缓慢。

　　这十二年之间，由于踏上了蒙古高原，从初见原乡的孺慕和悲喜，到接触了草原文化之后的敬畏与不舍；从大兴安岭到天山山麓、从鄂尔多斯荒漠到贝加尔湖，十年中的奔波与浮沉，陷入与没顶，可以说是一种在生活里的全神贯注，诗，因此而写得更慢了。

但是，要等到把这十二年之间散落在各处的诗稿都集在一起，成为一个整体的时候，才发现我的诗即使写得很慢，却依然忠实地呈现出生命的面貌，今日的我与昨日的我，果然距离越来越远，因此而不得不承认——

我们曾经有过怎么样的时刻，就会写出怎么样的诗来。

但是，但是，在这逐渐而缓慢的变动之间，有种特质却又始终如一。

在写了出来或者没能写出来的诗行里，有些什么若隐若现，不曾改变，从未稍离。

此刻来为新版的《七里香》和《无怨的青春》校对之时，这种感觉更是特别强烈。

《七里香》是我的第一本诗集，初版于一九八一年七月。《无怨的青春》是第二本，初版于一九八三年二月，离现在都快有二十年了。中间偶尔会翻动一下，最多只是查一两首诗的写作日期，或者影印一些给别人当资料。这么多年来，除了为"东华"和"上海文艺"出选集的时候稍为认真地看一看之外，从来没像此刻这样逐字逐行逐页地重新检视，好像重新回到那已经过去了的时光，那些个曾经多么安静和芳香的夜晚，在灯下，从我笔端从我心中，一首又一首慢慢写出来的诗。

这些诗一直是写给我自己看的，也由于它们，才能使我看到自己。知道自己正处在生命中最美丽的时刻，所有繁复的花瓣正一层一层地舒开，所有甘如醇蜜、涩如黄连的感觉正交织地在我心中存在。岁月如一条曲折的闪着光的河流静静地流过，今夜为二十年前的我心折不已，而二十年后再回顾，想必也会为此刻的我而心折。

　　　　　　　　　　　　——《七里香》第 121-122 页

　　果然是这样。在接近二十年之后的此刻，重新回过头来审视这些诗，恍如面对生命里无法言传却又复返的召唤，是要用直觉去感知的一种存在，是很难形容的一种疼痛，微颤微寒而确实又微带甘美的战栗；而在这一切之间，我终于又重新碰触到那几乎已经隐而不见、却又从来不曾离开片刻的"初心"。

　　初心恒在，依旧素朴谦卑。

　　我一直相信，生命的本相，不在表层，而在极深极深的内里。

　　不管日常生活的表面是多么混乱粗糙，在我们每个人内心最幽微的地方，其实永远深藏着一份细致的初心——生命最初始之时就已经拥有的，对一切美好事物似曾相识的乡愁。

　　诗，就是由此而发生的。

少年时第一次试着写诗，是在读了"古诗十九首"之后，那种惊动，应该是对文字的启蒙。诗并不能成段落，都留在初中二年级的日记本里了，是一九五四年秋天的事。

而在我诗集中最早的一首诗《泪·月华》，写成于一九五九年三月十二日，高中三年级下学期刚开始不久。

从一九五九到一九九九，四十年间，虽然没有中断，写的却不能算多，能够收进这四本诗集里的诗，总数也不过只有两百五十二首而已。

时光疾如飞矢，从我身边掠过，然而，在我的诗里，一切却都进行得极为缓慢。

这是因为，在写诗的时候，我一无所求。

我想，这是我的幸运。因为我从来不必以写诗作为自己的专业，因此而可以离企图心很远很远，不受鞭策，不赶进度，更没有诱惑，从而能够独来独往，享有那在创作上极为珍贵难得的完全的自由。

我是有资格说这样的话的。因为，四十年来，在绘画上，我可是无时无刻不在受那企图心的干扰，从来也没能真正挣脱过一次啊！

当然，距离企图心的远近，和创作的品质并不一定有关联。而且，无论是何等样的作品，完成之后，就只能留待时间和观赏者来做拣选，对作品本身保持永远的沉默，是一个创作者应该有的权利和美德。

不过，在这篇序言的最后，我还是要感谢许多位朋友，谢谢他们给我的鼓励和了解。

我要谢谢大地出版社的姚宜瑛女士，我的第一和第二本诗集都在大地出版，十几年的合作非常愉快。姚女士给我的一切，是一定要深深道谢的。

谢谢晓风，愿意引导我。

谢谢七等生和萧萧，两位在十几二十年前就为我写成的评论长文，这次才能郑重放进书中，重读之时，更能领略到其中的深意。

谢谢简志忠先生和圆神的工作伙伴，让新版的两本诗集能有如此美好的面貌。

还要谢谢许多位在创作上给了我长远的关怀和影响的好朋友。

更要谢谢我挚爱的家人。

最后，我也要谢谢在中文和蒙文世界里的每一位读者。

我的文字并没有那么好，是你们自身的感动给它增添了力量和光泽；我的世界原本与众人无涉，是你们诚挚的共鸣，让我得以进入如此宽广辽阔的人间。

我从来不知道，仅只是几本薄薄的诗集，竟然能够得到如此温暖的回响。

这十几年来，在我个人的生命里，因着诗集的出版而得以与几百万的读者结缘，不能不说是一件奇遇。

有时候，在一些没有预知的角落，常会遇见前来向我致意的读者。在最初，我常常会闪躲，觉得不安。但是，慢慢地，经过多年以后，我终于领会了我们之间的共通之处，在心灵最幽微的地方，我们都拥有一颗素朴和谦卑的初心。

　　那么，就相对微笑吧，不必再说些什么。我们都能明白，不管生活的表象是多么混乱粗糙，也没有分什么性别和年龄，在提起笔和翻开书页的时刻里，除了诗，我们真的一无所求。

　　在心灵最幽微之处，生命因诗而苏醒。

　　　　　　　二〇〇〇年的初始，写于淡水画室

此刻的心情
——代序

　　从十四岁开始正式学画，这么多年了，遇到有自己特别喜欢的作品，还是会留起来，舍不得卖掉。从台北到布鲁塞尔、从慕尼黑再回到石门，一捆一捆的画布跟着我搬来搬去，怎样也舍不得丢掉，因为心里知道，那样的作品在往后的日子里是再也画不出来的了。

　　因为，正如同人类的成长一样，一个阶段有一个阶段的面貌，过了这个阶段，再要往回走就是强求了。

　　所以，在今夜，虽然窗外依旧是潮湿而芬芳的院落，灯下依然有几张唱片、几张稿纸，可是，而对着《无怨的青春》的初稿，我深深地觉得，世间有些事物是不会再回来的了。就好像一颗离我越来越远的星辰，眼看它逐渐变小、变暗、变冷，终于在一个我绝对无法触及的距离里消失，而我站在黑暗的夜里，对一切都无能为力。

　　心里是有一点悲伤和怅惘的，但是也同样含着感谢，感谢的是：藉着它曾经发过的光和热，让我写出了一些自己也很喜欢的诗句，使我在每次回顾的时候，仍然可以信它、爱它和怀想它。

所以在《七里香》和《无怨的青春》里，我参差地放进了我十几到三十几岁的作品，一方面是因为这些作品有着相仿佛的面貌，一方面也是为了我自己的一种纪念，纪念一段远去的岁月，纪念那一个只曾在我心中存在过的小小世界。如果只把这些诗当成是一种记录，那么，诗里当然有我，可是，如果大家肯把这些诗当成是一件艺术品的话，那么，诗里就不应该是只有我而已了。

　　在现实生活里，我是一个幸运的女子，因为有深爱着我的人的支持，我才能如此恣意地成长，想画就画，想写就写，做着对一个妇人来说是极为奢侈的事。我要承认，在今生，我已经得到了我所一直盼望着的那种绝对的爱情，上苍一切的安排原来都有深意，我愿意沿着既定的轨迹走下去，知恩并且感激。

　　我会好好地去生活，好好地把握住每一个时刻，对所有的一切都不再强求。

　　当然，诗仍然是要写下去，只是，在明天，我会写些什么，或者我将要怎样写，就完全不是此刻的我可以预知的了。

　　生命的迷人之处，亲爱的朋友啊！不也就都在这些地方了吗？

一九八二年冬日于石门乡居

目　录

附录 评论两家

席慕蓉书目

无怨的青春

J.HSI 1982

在年轻的时候，如果你爱上了一个人，请你，请你一定要温柔地对待他。

不管你们相爱的时间有多长或多短，若你们能始终温柔地相待，那么，所有的时刻都将是一种无瑕的美丽。

若不得不分离，也要好好地说声再见，也要在心里存着感谢，感谢他给了你一份记忆。

长大了以后，你才会知道，在蓦然回首的刹那，没有怨恨的青春才会了无遗憾，如山冈上那轮静静的满月。

诗的价值

若你忽然问我

为什么要写诗

为什么　不去做些

别的有用的事

那么　我也不知道

该怎样回答

我如金匠　日夜捶击敲打

只为把痛苦延展成

薄如蝉翼的金饰

不知道这样努力地

把忧伤的来源转化成

光泽细柔的词句

是不是　也有一种

美丽的价值

1980. 1. 29

如歌的行板

一定有些什么
是我所不能了解的

不然　草木怎么都会
循序生长
而候鸟都能飞回故乡

一定有些什么
是我所无能为力的

不然　日与夜怎么交替得
那样快　所有的时刻
都已错过　忧伤蚀我心怀

一定有些什么　在叶落之后

是我所必须放弃的

是十六岁时的那本日记
还是　我藏了一生的
那些美丽的如山百合般的
秘密

1981. 10. 14

爱的筵席

是令人日渐消瘦的心事
是举箸前莫名的伤悲
是记忆里一场不散的筵席
是不能饮不可饮　也要拼却的
一醉

1981. 7. 6

盼望

其实　我盼望的
也不过就只是那一瞬
我从没要求过　你给我
你的一生

如果能在开满栀子花的山坡上
与你相遇　如果能
深深地爱过一次再别离

那么　再长久的一生
不也就只是　就只是
回首时
那短短的一瞬

1981. 11. 4

年轻的心

不再回头的
不再是古老的辰光
也不只是那些个夜晚的
星群和月亮

尽管　每个清晨仍然会
开窗探望
每个夏季　仍然
会有茉莉的清香

可是　是有些什么
已经失落了
在拥挤的市街前
在仓皇下降的暮色中
我年轻的心啊

永不再重逢

1980. 1. 15

蚌与珠

无法消除那创痕的存在
于是　用温热的泪液
你将昔日层层包裹起来

那记忆却在你怀中日渐
晶莹光耀　每一转侧
都来触到痛处
使回首的你怆然老去
在深深的静默的　海底

1981. 8. 5

初
相
遇

J. HSI
1982

美丽的梦和美丽的诗一样，都是可遇而不可求的，常常在最没能料到的时刻里出现。

我喜欢那样的梦，在梦里，一切都可以重新开始，一切都可以慢慢解释，心里甚至还能感觉到，所有被浪费的时光竟然都能重回时的狂喜与感激。胸怀中满溢着幸福，只因你就在我眼前，对我微笑，一如当年。

我真喜欢那样的梦，明明知道你已为我跋涉千里，却又觉得芳草鲜美、落英缤纷，好像你我才初初相遇。

缘起

就在众荷之间
我把我的一生都
交付给你了

没有什么可以斟酌
可以来得及盘算
是的　没有什么
可以由我们来安排的啊

在千层万层的莲叶之前
当你一回眸

有很多事情就从此决定了
在那样一个　充满了
花香的　午后

1982. 2. 14

一个画荷的下午

在那个七月的午后
在新雨的荷前　如果
如果你没有回头

我本来可以取任何一种题材
本来可以画成　一张
完全不同的素描或是水彩
我的一生　本来可以有
不同的遭逢　如果
在新雨的荷前
你只是静静地走过

在那个七月的午后　如果
如果你没有　回头

1982. 6. 27

十六岁的花季

在陌生的城市里醒来
唇间仍留着你的名字
爱人我已离你千万里
我也知道
十六岁的花季只开一次

但我仍在意裙裾的洁白
在意那一切被赞美的
被宠爱与抚慰的情怀
在意那金色的梦幻的网
替我挡住异域的风霜

爱原来是一种酒
饮了就化作思念
而在陌生的城市里

我夜夜举杯

遥向着十六岁的那一年

1978

惑

我难道是真的在爱着你吗
难道　难道不是
在爱着那不复返的青春

那一朵
还没开过就枯萎了的花
和那样仓促的一个夏季
那一张
还没着色就废弃了的画
和那样不经心的一次别离

我难道是真的在爱着你吗
不然　不然怎么会
爱上
那样不堪的青春

1981. 3. 4

疑问

我用一生
来思索一个问题

年轻时　如羞涩的蓓蕾
无法启口

等花满枝桠
却又别离

而今夜相见
却又碍着你我的白发

可笑啊　不幸的我
终于要用一生
来思索一个问题

1981. 6. 11

年

轻

的

夜

有的答案，我可以先告诉你，可是，我爱，有些答案恐怕要等很久，等到问题都已经被忘记。到那个时候，回不回答，或者要回答些什么都将不再那么重要，若是，若是你一定要知道。

若是你仍然一定要知道，那么，请你往回慢慢地去追溯、仔细地翻寻，在那个年轻的夜里，有些什么，有些什么，曾袭入我们柔弱而敏感的心。

在那个年轻的夜里，月色曾怎样清朗，如水般的澄明和洁净。

我的信仰

我相信　爱的本质一如
生命的单纯与温柔
我相信　所有的
光与影的反射和相投

我相信　满树的花朵
只源于冰雪中的一粒种子
我相信　三百篇诗
反复述说着的　也就只是
年少时没能说出的
那一个字

我相信　上苍一切的安排
我也相信　如果你愿与我
一起去追溯

在那遥远而谦卑的源头之上

我们终于会互相明白

1982. 8. 26

山月　(旧作之一)

在山中　午夜　松林像海浪

月光替松林剪影

你笑着说　这不是松

管它是什么　深远的黑　透明的蓝

一点点淡青　一片片银白

还有那幽幽的绿　映照着　映照着

林中的你　在　你的林中

你殷勤款待因为你是豪富

有着许许多多山中的故事

拂晓的星星　林火　传奇的梅花鹿

你说着　说着

却留神着不对我说　那一个字

我等着　用化石般的耐心

可是　月光使我聋了　山风不断袭来

在午夜　古老的林中百合苍白

1964. 6

山月 （旧作之二）

我曾踏月而去

只因你在山中

而在今夜诉说着的热泪里

犹见你微笑的面容

丛山黯暗

我华年已逝

想林中次次春回　依然

会有强健的你

挽我拾级而上

而月色如水　芳草萋迷

1967. 3. 25

山月 （旧作之三）

请你静听　月下
有商女在唱后庭
（唱时必定流泪了吧）

雨雪霏霏　如泪
如泪
（唱歌的我是不是商女呢）

不知道　千年的梦里
都有些什么样的曲折和反复
五百年前　五百年后
有没有一个女子前来　为你
含泪低唱

而月色一样满山

青春一样如酒

1967

无悔的人

她曾对我许下
一句非常温柔的诺言
而那轮山月
曾照过她在林中　年轻的
皎洁的容颜

用芳香的一瞬　来换我
今日所有的忧伤和寂寞

在长歌痛哭的人群里
她可知道　我仍是啊
无悔的那一个

1981. 11. 9

诀别

不愿成为一种阻挡
不愿　让泪水
沾濡上最亲爱的那张脸庞

于是　在这黑暗的时刻
我悄然隐退
请原谅我不说一声再会
而在最深最深的角落里
试着将你藏起
藏到任何人　任何岁月
也无法触及的　距离

1981.11.9

融雪的时刻

当她沉睡时
他正走在融雪的小镇上
渴念着旧日的
星群　并且在
冰块互相撞击的河流前
轻声地
呼唤着她的名字

而在南国的夜里
一切是如常的沉寂
除了几瓣疲倦的花瓣
因风
落在她的窗前

1982.7.31

警

告

其实，水笔仔是很早就在那里了，为了要给我们一个及时的警告，它到得比我们任何一个人都早。

我们终于携手前来，却不知道水笔仔长久的等待。我们以为一切的快乐与欣喜都是应该的，以为山的蓝和水的绿都不足为奇，以为，若是肯真心相爱，就永远不会分离。

其实，水笔仔是很早就在那里了，可是，海风吹起我洁白的衣裳，岁月正长，年轻的心啊，无法了解水笔仔的焦虑和忧伤。

泪·月华

忘不了的　是你眼中的泪

映影着云间的月华

昨夜　下了雨

雨丝侵入远山的荒冢

那小小的相思木的树林

遮盖在你坟上的是青色的荫

今晨　天晴了

地萝爬上远山的荒冢

那轻轻的山谷里的野风

拂拭在你坟上的是白头的草

黄昏时

谁会到坟间去辨认残破的墓碑

已经忘了埋葬时的方位

只记得哭的时候是朝着斜阳

随便吧

选一座青草最多的

放下一束风信子

我本不该流泪

明知地下长眠的不一定是你

又何必效世俗人的啼泣

是几百年了啊

这悠长的梦　还没有醒

但愿现实变成古老的童话

你只是长睡一百年　我也陪你

让野蔷薇在我们身上开花

让红胸鸟在我们发间做巢

让落叶在我们衣褶里安息

转瞬间就过了一个世纪

但是　这只是梦而已

远山的山影吞没了你

也吞没了我忧郁的心

回去了　穿过那松林

林中有模糊的鹿影

幽径上开的是什么花

为什么夜夜总是带泪的月华

1959. 3. 12

远行

明日

明日又隔山岳

山岳温柔庄严

有郁雷发自深谷

重峦叠嶂

把我的双眸遮掩

再见　我爱

让我独自越过这陌生的涧谷

隔着深深的郁闷的空间

我的昔时在哭

1965. 1. 10

自白

别再写这些奇怪的诗篇了
你这一辈子别想做诗人
但是
属于我的爱是这样美丽
我心中又怎能不充满诗意

我的诗句像断链的珍珠
虽然残缺不全
但是每一颗珠子
仍然柔润如初

我无法停止我笔尖的思绪
像无法停止的春天的雨
虽然会下得满街泥泞
却也洗干净了茉莉的小花心

1965. 2. 4

四季

1

让我相信　亲爱的
这是我的故事
就好像　让我相信
花开　花落
就是整个春季的历史

2

你若能忘记` 那么
我应该也可以
把所有的泪珠都冰凝在心中
或者　将它们缀上
那夏夜的无垠的天空

3

而当风起的时候

我也只不过紧一紧衣裾

护住我那仍在低唱的心

不让秋来偷听

4

只为　不能长在落雪的地方

终我一生　无法说出那个盼望

我是一棵被移植的针叶木

亲爱的　你是那极北的

冬日的故土

1980. 4. 11

为什么

我可以锁住我的笔　为什么
却锁不住爱和忧伤

在长长的一生里　为什么
欢乐总是乍现就凋落
走得最急的都是最美的时光

1979. 10. 6

楼兰新娘

我的爱人　曾含泪

将我埋葬

用珠玉　用乳香

将我光滑的身躯包裹

再用颤抖的手　将鸟羽

插在我如缎的发上

他轻轻阖上我的双眼

知道　他是我眼中

最后的形象

把鲜花洒满在我胸前

同时洒落的

还有他的爱和忧伤

夕阳西下

楼兰空自繁华

我的爱人孤独地离去

遗我以亘古的黑暗

和　亘古的甜蜜与悲凄

而我绝不能饶恕你们

这样鲁莽地把我惊醒

曝我于不再相识的

荒凉之上

敲碎我　敲碎我

曾那样温柔的心

只有斜阳仍是

当日的斜阳　可是

有谁　有谁　有谁

能把我重新埋葬

还我千年旧梦

我应仍是　楼兰的新娘

——看中视"六十分钟"介绍罗布泊，里面有考古学者掘出千

年前的木乃伊一具，据说发间插有鸟羽，埋葬时应是新娘。

1981. 3. 14

谜

题

1982

当我猜到谜底，才发现，筵席已散，一切都已过去。

筵席已散，众人已走远，而你在众人之中，暮色深浓，无法再辨认，不会再相逢。

不过只是刹那之前，这园中还风和日丽，充满了欢声笑语，可是我不能进去。他们给了我一个谜面，要我好好地猜测，猜对了，才能与你相见，才能给我一段盼望中的爱恋。

当我猜到谜底，才发现，一切都已过去，岁月早已换了谜题。

短歌

在无人经过的山路旁
桃花纷纷地开了
并且落了

镜前的那个女子
长久地凝视着
镜里
她的芬芳馥郁的美丽

而那潮湿的季节　和
那柔润的心
就是常常被人在太迟了的时候
才记起来的
那一种　爱情

1982. 1. 6

青春　之三

我爱　在今夜
回看那来时的山径
才发现　我们的日子已经
用另一种全然不同的方式
来过了又走了

曾经那样热烈地计划过的远景
那样细致精密地描好了的蓝图
曾经那样渴盼着它出现的青春
却始终
始终没有来临

1979.6

昙花的秘密

总是

要在凋谢后的清晨

你才会走过

才会发现　昨夜

就在你的窗外

我曾经是

怎样美丽又怎样寂寞的

一朵

我爱　也只有我

才知道

你错过的昨夜

曾有过　怎样皎洁的月

1981.11.15

距 离

我们置身在极高的两座山脊上
遥遥的彼此不能相望

却能听见你温柔的声音传来
云雾缭绕　峡谷陡峭
小心啊　你说　我们是置身在
一步都不可以走错的山脊上啊
所以　即使是隔着那样远
那样远的距离
你也始终不肯纵容我　始终守着
在那个年轻的夜里所定下的戒律

小心啊　你说
我们一步都不可以走错

可是　有的时候

严厉的你也会忽然忘记

也会回头来殷殷询问

荷花的消息　和那年的

山月的踪迹

而我能怎样回答你呢

林火已熄　悲风凛冽

我哽咽的心终于从高处坠落

你还在叮咛　还在说

小心啊　我们

我们一步都不可以走错

所有的岁月都已变成

一篇虚幻的神话　任它

绿草如茵　花开似锦

也终于都要纷纷落下

在坠落的昏眩里

有谁能给我一句满意的解答

永别了啊

孤立在高高的山脊上的你

如果从开始就是一种

错误　那么　为什么

为什么它会错得那样的　美丽

1982. 9. 20

白鸟之死

你若是那含泪的射手
我就是　那一只
决心不再躲闪的白鸟

只等那羽箭破空而来
射入我早已碎裂的胸怀
你若是这世间唯一
唯一能伤我的射手
我就是你所有的青春岁月
所有不能忘的欢乐和悲愁

就好像是最后的一朵云彩
隐没在那无限澄蓝的天空
那么　让我死在你的手下
就好像是　终于能

死在你的怀中

1983. 1. 1

致流浪者

总有一天　你会在灯下

翻阅我的心　而窗外

夜已很深　很静

好像是　一切都已过去了

年少时光的熙熙攘攘

尘埃与流浪　山风与海涛

都已止息　你也终于老去

窗外　夜雾漫漫

所有的悲欢都已如彩蝶般

飞散　岁月不再复返

无论我曾经怎样固执地

等待过你　也只能

给你留下一本

薄薄的　薄薄的　诗集

1982. 5. 31

回首的刹那

在我们的世界里，时间是经、空间是纬，细细密密地织出了一连串的悲欢离合，织出了极有规律的阴差阳错。而在每一个转角、每一个绳结之中，其实都有一个秘密的记号，当时的我们茫然不知，却在回首之时，蓦然间发现一切脉络历历在目，方才微笑地领悟了痛苦和忧伤的来处。

在那样一个回首的刹那，时光停留，永不逝去。在羊齿和野牡丹的阴影里，流过的溪涧还正年轻，天空布满云彩，我心中充满你给我的爱与关怀。

印记

不要因为也许会改变
就不肯说那句美丽的誓言
不要因为也许会分离
就不敢求一次倾心的相遇

总有一些什么
会留下来的吧
留下来做一件不灭的印记
好让　好让那些
不相识的人也能知道
我曾经怎样深深地爱过你

1981.11.4

十字路口

如果我真的爱过你
我就不会忘记

当然　我还是得
不动声色地走下去
说　这天气真好
风又轻柔
还能在斜阳里疲倦地微笑
说　人生极平凡
也没有什么波折和忧愁

可是　如果我真的爱过你
我就不会忘记

就是在这个十字路口

年轻的你我　曾挥手

从此分离

1981. 1. 15

青春的衣裾

我是一条清澈的河流
绕过你伫立的沙洲
在那个晴朗的夏日
有着许多白云的午后

你青青的衣裾
在风里飘摇
倒映在我心中
又像一条温柔的水草

带着甜蜜的痛楚
我频频回顾
我将流过不再重回
此生将无法与你再相会

我知道　冬必将来临
芦花也会凋尽
两岸的悲欢将如云烟
只留下群星在遥远的天边

在冰封之前
我将流入大海
而在幽暗的孤寂的海底
我会将你想起
还有你那　还有你那
青青的衣裾

1980. 11. 19

给青春

并不是我愿意这样　老去的
只是白天黑夜不断地催促
将你从我身边夺去
到　连我伸手也再无法触及的
距离

1981. 6

悲剧的虚与实

其实　并不是真的老去
若真的老去了　此刻
再相见时　我心中
如何还能有轰然的狂喜

因此　你迟疑着回首时
也不是真的忘记
若真的忘记了　月光下
你眼里哪能有柔情如许

可是　又好像并不是
真的在意　若真的曾经
那样思念过　又如何能
云淡风轻地握手寒暄
然后含笑道别　静静地

目送你　再次　再次的

离我而去

1981. 7. 14

山百合

与人无争　静静地开放
一朵芬芳的山百合
静静地开放在我的心里

没有人知道它的存在
它的洁白
只有我的流浪者
在孤独的路途上
时时微笑地想起它来

1982. 5. 13

艺术家

你已用泪洗净我的笔
好让我在今夜画出满池的烟雨

而在心中那个芬芳的角落
你为我雕出一朵永不凋谢的荷

浮生若梦
我爱
何者是实　何者是空
何去何从

1981. 3. 12

永远的流浪者

你尽管说吧

说你爱我　或者不爱

你尽管去选择那些

难懂的字句　把它们

反反复复地排列开来

你尽管说吧

列蒂齐亚　你的心情

我都会明白

你尽管变吧

变得快乐　或者冷漠

你尽管去试戴所有的

复杂的面具

走一些曲折的路

你尽管去做吧

列蒂齐亚　你的心情

我都会明白

人世间尽管有变迁

友朋里尽管有

难测的胸怀　我只知道

列蒂齐亚　你是我

最初和最后的爱

在迢遥的星空上

我是你的　我是你的

永远的流浪者

用漂泊的一生　安静地

守护在你的幸福　和

你温柔的心情之外

可是　列蒂齐亚

飘流在恒星的走廊上

想你　却无法传递

流浪者的心情啊

列蒂齐亚　你可明白

1982. 5. 24

前

缘

人若真能转世，世间若真有轮回，那么，我爱，我们前生曾经是什么？

你若曾是江南采莲的女子，我必是你皓腕下错过的那一朵。你若曾是那个逃学的顽童，我必是从你袋中掉落的那颗崭新的弹珠，在路旁草丛里，目送你毫不知情地远去。你若曾是面壁的高僧，我必是殿前的那一炷香，焚烧着，陪伴过你一段静穆的时光。

因此，今生相逢，总觉得有些前缘未尽，却又很恍惚，无法仔细地去分辨，无法一一地向你说出。

试验 之一

他们说　在水中放进
一块小小的明矾
就能沉淀出　所有的
渣滓

那么　如果
如果在我们的心中放进
一首诗
是不是　也可以
沉淀出所有的　昨日

1982.7.12

试验 之二

化学课里　有一种试纸
遇酸变红　遇碱变蓝

我多希望
在人生里
能有一种试纸
可以　先来替我试出
那交缠在我眼前的
种种　悲　欢

1982. 7. 12

悲喜剧

长久的等待又算得了什么呢

假如　过尽千帆之后

你终于出现

(总会有那么一刻的吧)

当千帆过尽　你翩然来临

斜晖中你的笑容　那样真实

又那样的不可置信

白蘋洲啊　白蘋洲

我只剩下一颗悲喜不分的心

才发现原来所有的昨日

都是一种不可少的安排

都只为了　好在此刻

让你温柔怜惜地拥我入怀

（我也许会流泪　也许不会）

当千帆过尽　你翩然来临

我将藏起所有的酸辛　只是

在白蘋洲上啊　白蘋洲上

那如云雾般依旧飘浮着的

是我一丝淡淡的哀伤

1982. 4. 18

出岫的忧伤

骤雨之后

就像云的出岫　你一定要原谅

一定要原谅啊　一个女子的

无端的忧愁

1982. 7. 23

禅意 之一

当你沉默地离去
说过的　或没说过的话
都已忘记
我将我的哭泣也夹在
书页里　好像
我们年轻时的那几朵茉莉

也许会在多年后的
一个黄昏里
从偶然翻开的扉页中落下
没有芳香　再无声息

窗外那时　也许
会正落着细细的细细的雨

1980. 5. 15

禅意 之二

当一切都已过去
我知道　我会
慢慢地将你忘记

心上的重担卸落
请你　请你原谅我
生命原是要
不断地受伤和不断地复原
世界仍然是一个
在温柔地等待着我成熟的果园

天这样蓝　树这样绿
生活原来可以
这样的安宁和　美丽

1980. 5. 15

与你同行

我一直想要，和你一起，走上那条美丽的山路。

有柔风，有白云，有你在我身旁，倾听我快乐和感激的心。

我的要求其实很微小，只要有过那样的一个夏日，只要走过，那样的一次。

而朝我迎来的，日复以夜，却都是一些不被料到的安排，还有那么多琐碎的错误，将我们慢慢地慢慢地隔开，让今夜的我，终于明白。

所有的悲欢都已成灰烬，任世间哪一条路我都不能，与你同行。

此刻之后

在古老单纯的时光里
一直　有一句
没说完的话

像日里夜里的流水
是山上海上的月光
反复地来　反复地去
让我柔弱的心
始终在盼望　始终
找不到栖身的地方

而在此时　你用
静默的风景　静默的
声音把它说完
我却在拦阻不及的热泪里

发现　此刻之后

青春终于一去不再复返

1979. 11. 28

山路

我好像答应过

要和你　一起

走上那条美丽的山路

你说　那坡上种满了新茶

还有细密的相思树

我好像答应过你

在一个遥远的春日下午

而今夜　在灯下

梳我初白的发

忽然记起了一些没能

实现的诺言　一些

无法解释的悲伤

在那条山路上

少年的你　是不是

还在等我

还在急切地向来处张望

1981. 10. 5

饮酒歌

向爱情举杯吧
当它要来的时候
我所能做的
也只有如此了

迎上前来　迎上前来
是那不可置信　袭人的
甜美气息啊

拂过　然后消失
怎样描述　有谁会相信

向爱情举杯吧
当它要走的时候
我所能做的

也只有如此了

1982. 2. 14

际遇

在馥郁的季节　因花落

因寂寞　因你的回眸

而使我含泪唱出的

不过是

一首无调的歌

却在突然之间　因幕起

因灯亮　因众人的

鼓掌　才发现

我的歌　竟然

是这一剧中的辉煌

1981. 2. 22

诱惑

终于知道了
在这叶将落尽的秋日
终于知道　什么叫作
诱惑

永远以绝美的姿态
出现在我最没能提防的
时刻的
是那不能接受　也
不能拒绝的命运

而无论是哪一种选择
都会使我流泪
使我　在叶终于落尽的那一日
深深地后悔

1981.9.27

妇人的梦

春回　而我已经回不去了
尽管仍是那夜的月　那年的路
和那同一样颜色的行道树

所有的新芽都已挣出
而我是回不去的了
当所有的问题都已不能提起
给我再美的答案也是枉然
（我曾经那样盼望过的啊）
月色如水　是一种浪费
我确实已无法回去

不如就在这里与你握别
（是和那年相同的一处吗）
请从我矜持的笑容里

领会我的无奈　领会

年年春回时　我心中的

微微疼痛的悲哀

1982. 4. 18

野风

就这样地俯首道别吧
世间哪有什么真能回头的
河流呢

就如那秋日的草原　相约着
一起枯黄萎去
我们也来相约吧
相约着要把彼此忘记

只有那野风总是不肯停止
总是惶急地在林中
在山道旁　在陌生的街角
在我斑驳的心中扫过

扫过啊　那些纷纷飘落的

如秋叶般的记忆

1982. 7. 23

请别哭泣

我已无诗

世间也再无飞花　无细雨

尘封的四季啊

请别哭泣

万般　万般的无奈

爱的余烬已熄

重回人间

猛然醒觉那千条百条　都是

已知的路　已了然的轨迹

跟着人群走下去吧

就这样微笑地走到尽头

我柔弱的心啊

请试着去忘记　请千万千万

别再哭泣

1979. 10. 24

结局

当春天再来的时候
遗忘了的野百合花
仍然会在同一个山谷里生长
在羊齿的浓荫处
仍然会有昔日的馨香

可是　没有人
没有人会记得我们
和我们曾有过的欢乐与悲伤

而时光越去越远　终于
只剩下几首佚名的诗　和
一抹
淡淡的　斜阳

1979. 8

最后的一句

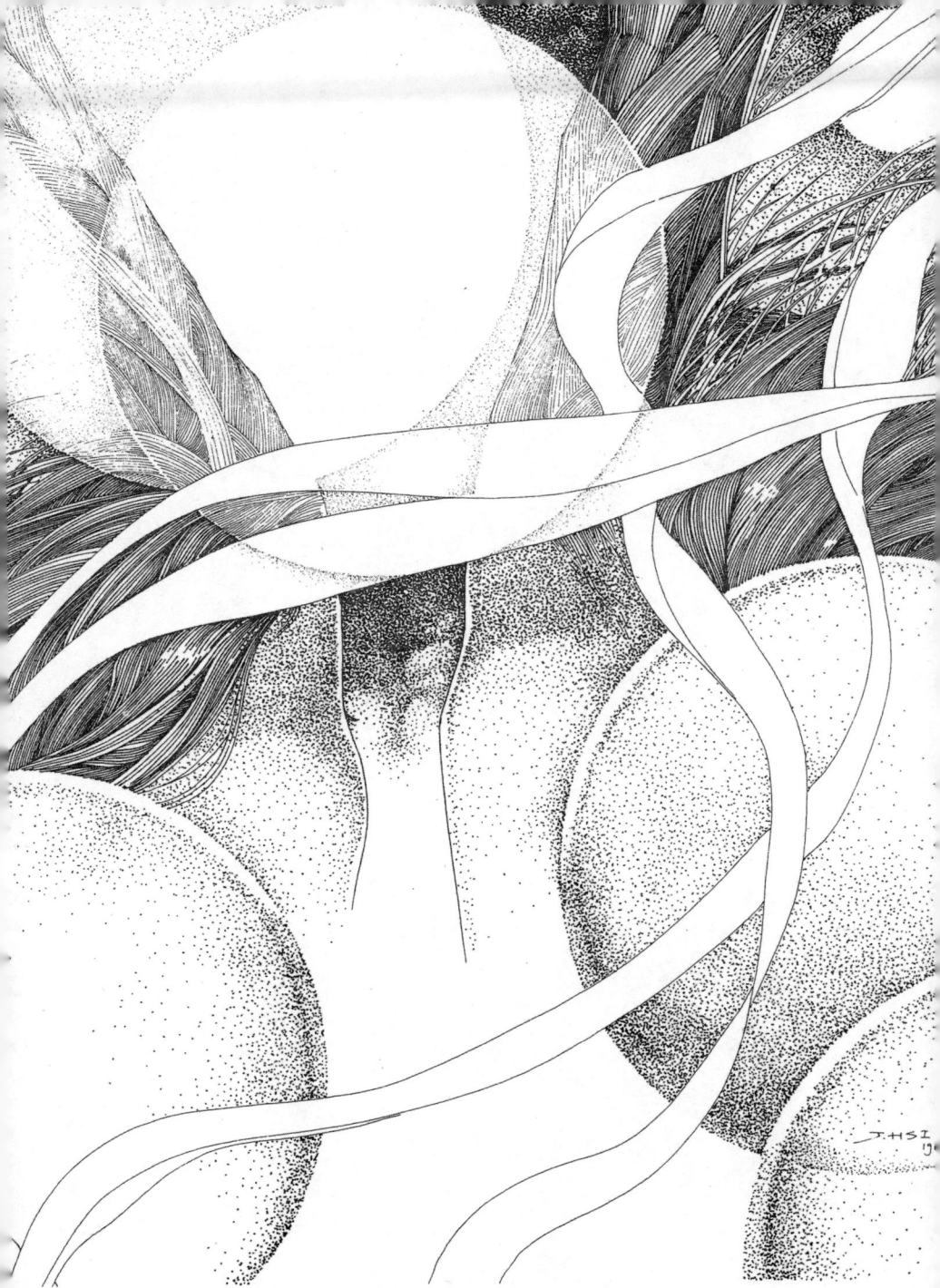

再美再长久的相遇，也会一样地结束，是告别的时候了，在这古老的渡船头上，日已夕暮。

是告别的时候了，你轻轻地握住我的手，而我静默地俯首等待，等待着命运将我们分开。

请你原谅我啊，请你原谅我。亲爱的朋友，你给了我你流浪的一生，我却只能给你，一本，薄薄的诗集。

日已夕暮，我的泪滴在沙上，写出了最后的一句，若真有来生，请你留意寻找，一个在沙上写诗的妇人。

咏叹调

不管我是要哭泣着

或是　微笑着与你道别

人生原是一场难分悲喜的

演出　而当灯光照过来时

我就必须要唱出那

最最艰难的一幕

请你屏息静听　然后

再热烈地为我喝彩

我终生所爱慕的人啊

曲终人散后

不管我是要哭泣着

或是　微笑着与你道别

我都会庆幸曾与你同台

1981. 12. 6

灯下的诗与心情

不是在一瞬间　就能

脱胎换骨的

生命原是一次又一次的

试探

所以　请耐心地等待

我爱　让昼与夜交替地过去

让白发逐日滋长

让我们慢慢地改变了心情

让焚烧了整个春与夏的渴望

终于熄灭　换成了

一种淡然的逐渐远去的酸辛

月亮出来的时候

也不能再开门去探望

也能　终于

由得它去疯狂地照进

所有的山林

1982. 4. 20

揣想的忧郁

我常揣想　当暮色已降

走过街角的你

会不会忽然停步

忽然之间　把我想起

而在那拥挤的人群之中

有谁会注意

你突然阴暗的面容

有谁能知道

你心中刹那的疼痛

啊　我亲爱的朋友

有谁能告诉你

我今日的歉疚和忧伤

距离那样遥远的两个城市里

灯火一样辉煌

1980. 5. 8

习题

在园里种下百合
在心里种下一首歌

这样　就可以
重复地　温习

那最初的相遇　到
最后的别离
从实到虚　从聚到散

我们用一生来学会的
那些课题啊
从浅到深　从易到难

1982. 6. 30

美丽的心情

假如生命是一列
疾驰而过的火车
快乐与伤悲　就是
那两条铁轨
在我身后　紧紧追随

所有的时刻都很仓皇而又模糊
除非你能停下来　远远地回顾

只有在回首的刹那
才能得到一种清明的
酸辛　所以　也只有
在太迟了的时候
才能细细揣摩出　一种
无悔的　美丽的　心情

1982. 5. 24

散戏

让我们　再回到那

最起初最起初的寂寞吧

让我们　用长长的

并且极为平凡的一生

来做一个证明

让所有好奇好热闹的人群

都觉得无聊和无趣

让一直烦扰着我们的

等着看精彩结局的观众

都纷纷退票　颓然散去

这样　才能回复到

最起初最起初的寂寞吧

到那个时候　舞台上

将只剩下一座空山

山中将空无一人　只有

好风好日　鸟喧花静

到那个时候

白发的流浪者啊　请你

请你伫足静听

在风里云里　远远地

互相传呼着的

是我们不再困惑的

年轻而热烈的声音

1982. 10. 30

雨中的了悟

如果雨之后还是雨
如果忧伤之后仍是忧伤

请让我从容面对这别离之后的
别离　微笑地继续去寻找
一个不可能再出现的　你

1982. 11. 9

给我的水笔仔

若你　能容我

在浪潮的来与去之间

在这极静默　屏息的刹那

若你　能容我

写下我最后的一句话

那两只白色的水鸟

仍在船头回旋　飞翔

向海的灰紫色的山坡上

传来模糊的栀子花香

一生中三次来过渡

次次都有

同样温柔的夕暮

这百转千回的命运啊

我们不得不含泪向它臣服

在浪潮的来与去之间
在洁净的沙洲上
我心中充满了不舍和忧伤
可是　我的水笔仔啊
请容我　请容我就此停笔

从今以后　你就是我的
最后的　一句

也许
有些人将因此而不会再
互相忘记

1982. 6. 25

后记：在今日的世间，有很多人不愿意相信美丽和真挚的事物
　　　其实就在眼前。为了保护自己，他们宁愿在一开始就断
　　　定：所有美好的事物都只是一种虚伪的努力。这样的
　　　话，当一切都失去了以后，他们也因此而不会觉得遗憾

和受到伤害。水笔仔是一种珍贵罕有的植物，就像一种珍贵罕有的爱情，在这世间越来越稀少，越来越不容易得到，因为，太多的人已经不愿意再去爱、再去相信。而我对你，自始就深信不疑。

附录 评论两家

——在那条山路上

少年的你　是不是

还在等我

还在急切地向来处张望

光影寂灭处的永恒

——席慕蓉在说些什么？

曾昭旭

当席慕蓉的第一本诗集《七里香》，造成校园的骚动与销售的热潮，我同时也开始听到了一些颇令人忍俊不禁的风评。似乎一时之间，席慕蓉的诗成为少年们的梦的最新寄托。但质诸席慕蓉：你写这些作品是为了烘染一个梦幻以供人寄情的吗？席慕蓉摇头。且我细心一读再读，也没有发现其中有什么幻影的性格。然则人们径拿席慕蓉的诗，来做多愁年岁的安慰或者重寻旧梦的触媒，确是无当于作者的初衷，也未必符合作品的意境了。然则人们又何以会有如此的误会呢？

原来文学艺术，本来不是事实的叙述而是意境的营造，而所欲营造的意境，无论是真是善是美，是婉约是雄奇是恬淡，总归是一个无限。但无限本来是不可言传的，诗人艺术家遂只好剪取眼前有限的事相，予以重组成另一殊异的形貌，以暗示烘托象征，指引诗人心中那永恒的意境。

而读者则由此领略了、会心了、目击而道存了，但对那意境则仍然是知则知之而口不能道。且岂唯读者不能道，其实即是那作者那诗人也同样是不能道的啊！而诗人所写的则并不是道而只是一种象征、一种表示罢了！你又岂能当真认定执著看死了呢！

　　于是席慕蓉诗中所谓青春所谓爱，是不可以真当作青春与爱来解的。她所说的十六岁，并不是现实的十六岁；她所说的别离并不是别离，错过并不是错过，太迟并不是太迟，则当然悲伤也不是真的悲伤了。有谁读她的诗，若以为是在追怀十六岁的已逝青春，在嗟叹那已错过的爱，在颠倒迷乱于心目中那可望而不可即的旧梦，那就错了。其实诗人虽说流泪，却无悲伤；虽说悲伤，实无苦痛。她只是藉形相上的一点茫然，铸成境界上的千年好梦。而对此一点永恒，诗人亦只是怀念，而并无追想。且所谓怀念，亦只是每一刻现在对人生的当几省思罢了！重逢便真实出现在对过去朦胧经验的明白省思之中，然则重逢的惊喜，完全握在人自己主动的手中。如人饮水，冷暖自知，而不堪与自己以外之人道。这便是我在席慕蓉诗中所读到的真实而纯美的意境，又哪里有梦幻之哀情可言呢？而人不知，径将意境的营造看作实事的摹写，遂不免于错看误解了。

　　而席慕蓉似乎也隐约有感此忧，因此她筹划出版这第二册诗集的时候，特别在编排上费了很多工夫，遂使她二十几年来写诗的心境，比较有一条可供读者寻绎的线索。当然，诗人在编纂之时，只是一任感觉之自然，未必已有一成见预存胸中。但真挚之情必自然中理，足以待人凭持理性之密察，检而出之，而益见其情之真实。而我既有幸做她诗集编定后的第一个正式读者，就让我试作这一番寻绎诠解，以供其后之读者的参考罢！

　　（当然，幸愿我也没有预存成见，强作解人，以掉进文字批评与鉴赏的最通常的陷阱之中。）

　　这一册诗集共分为九帙。每一帙的开始，有一篇类似散文诗的引首，常常就约略点出全帙的主题了。尤其第一帙，是全书的引首，然则《无怨的青春》就更具有点出全书主题之意了。

　　是的，作者全书所欲传达的讯息，无非是无怨的青春与无瑕的美丽。但如何可以获得呢？尤其，当人在彼时已然怨了，爱之上已然有了瑕疵了，如何能复无瑕呢？于此我们并非无路可寻，而正可以经由事后的省思、觉悟，而重证彼时本有的纯洁晶莹。真的，往事本来纯净，而所有的瑕疵只是人自己莫须有的妄加。因此，只要人随时把那妄加的障翳撤除了，那本来的纯洁便尔重现，而这重现的表征便是诗。诗，乃所以滤除忧伤痛苦而锻炼永恒的凭借啊！这便是"诗的价值"。于是，在《如歌的行板》中，我们放弃执著；在《爱的筵席》与《盼望》中，我们憬悟永恒。是的，那永不再回头的一瞬啊！永恒已如是铸成了，所欠的，只是你的憬悟而已。而如果你憬悟了，"那记忆将在你怀中日渐晶莹光耀"。

在第一帙中，全书的主题可说都已具现。然后，在第二帙至第七帙中，这主题被逐步铺展开来，提供我们更从容细致的咀嚼余地。

"初相遇"写的是爱之偶然发生的事实。当然，这事实在现在看来（在经过重重省思与解释的现在看来），早已是明白不过（所有以为被浪费的其实都不曾浪费）；但在当时，可真是如何的蒙昧啊！那其实在你一回眸中就已决定的，那永恒的洁白的裙裾（那永恒的爱），却不免仍要用一生的疑惑，才能厘清那偶然的你的形相，与蕴涵在你偶然的形相中那永恒的青春与爱，二者间的分际。

于是，人不得不努力去追求这人生的答案，"年轻的夜"一帙，就是在表示这种追求吧！当然，这种人生的答案，是只堪自证，而无法言传的。因为答案原本具在于二十岁那个年轻的夜里，或具在于你的心里；就只看你是否相信它的存在，并且是否能忽然憬悟而已。若不能，爱将迷失在月夜松林的光影杂沓之中；而如若能，则在光影寂灭处，仍有满山的月色、如酒的青春，永恒存在。而人便亦可以秉无悔的贞信，去贞定这所有现象的无凭了。

而在追索的历程中，陷阱是随时都在的，爱随时都可能淹没在人们自以为是的假相之中。诗人遂不得不藉着水笔仔之被漠视的事实（如同那稀有的爱之纯质之被世人视而不见）来提出警告了。这一帙的诗因此最为沉郁。《泪·月华》写爱之沉埋，竟到了令人无以辨认的地步。《远行》《四季》与《为什么》都写的是人与爱之违隔。《楼兰新娘》写人们对爱的侮慢。只有《自白》一首，写人在残缺中一点尚未灰的追寻之心，则总算还保存着一点希望。

然后，在陷落的惊悸中，人须得去破解这亘古的谜题。

虽则当谜题解破时，岁月已逝，也莫恨已太迟。因为当人憬悟了他的错失，他便也了解爱与青春之所以迷蔽，实乃迷蔽在人自造的障中。如所谓"远景""蓝图"或者那些制造紧张，扼杀自然的严厉"戒律"。然后，人或许可以借着对往事的重省，而收获到一本虽薄薄却饶有意义的诗集吧！

若然，则人将会在回首的刹那，蓦然发现每一个绳结中其实都有一个秘密的记号；本来朦胧的往事，遂尔历历在目，而永恒也就在此呈现了。这一帙因此充满着体尝到真理的自信与愉悦。原来一切幻变的事相流逝了，都会留下一个不磨的印记的；原来人虽分离，爱仍是永不会忘记，如那河流梦中永恒的青青衣裾。于是在《悲剧的虚与实》一诗中，我们看到有限与无限间巧妙的交错，圆融成浑然的整体。在此，人不必舍弃现象的繁复多变，便能在心底印证一朵洁白的山百合，或永不凋谢的荷。并且凭恃着这对真理的贞信，人便更可以反过来贞定这繁复的事相，而不畏它的曲折多变了。所以你尽管反反复复地说吧！列蒂齐亚，反正你的心情，我都会明白。

于是，人便可以借着如此认真的省思与憬悟，而重证前缘。那当初虽朦胧而错过的，如今是如此明白却又依然。真的，你什么时候在心中放下一首诗，便立即可以沉淀出所有的昨日，厘析清所有的悲欢，且了解昨日所有的错失，原都是人生中不可少的安排。人生原就是这样一种哀乐相生的情怀，这样一出悲喜不分的戏剧。且正唯其有喜乐，所以是形上的永恒；又正唯其有悲哀，所以是存在的真实。这即寂即感，既真实又虚灵的如如人生啊！那便是浑不可说的禅。

　　全书的主题铺展到此，已戛然是一个句号。那么《与你同行》一帙又是什么呢？原来在前六帙的铺陈中，虽终结到不可说的禅，那禅意却早已是铺陈脉络中的一环了。是则虽理当不说而事实上已大有所说；爱与青春的意境实已借此铺陈而如此彰显了，则还是那奥秘不可说的存在流行吗？于是有《与你同行》这一帙。在此，爱重新隐在平凡之中，生活里重新有种种不被料到的安排与琐碎的错误，重新有难以同行的艰危，人亦不免重新有急切、有惆怅、有后悔、有哀伤。而结局还只是几首佚名的诗，与一抹淡淡的斜阳。永恒的爱不再在这里出现了，然而永恒的爱其实遍在。它是浑然无迹，你只是悠然不觉罢了！而你若觉，亦实只因有前六帙的铺陈。我们以是知铺陈之必要，亦以是知不铺陈之真实具在。

而这毕竟还是一本诗集，作者还是要在一切都已结束之后，说她最后的一句，以致她最属心底之一意。那就是：在欣幸与你同台之余，向你致她对你自始至终的深信不疑。

以上便是我之所说了。我说的果是作者之意吗？我实在不知，想席慕蓉也未必便知吧！我只是以我之心去领略她的；而当她读此跋时，亦实只是以她之心来领略我的罢了。而在心心往来流注中，有相互的创造激发，回环以生。谁说作者只是个施者，读者只是个受者呢？而当你读席慕蓉之诗后，再读此跋，则更是有你我他心之交光互映。然则，若我们间果然有缘，那么我之所说或许便也未尝无理了！

青春无怨　新诗无怨

萧　萧

　　现代诗在台湾的发展历史还不算太长，理解这段诗史之流里的几处波纹，或许就像了解整个地球上的洋流一样，我们会知道为什么北半球的洋流顺时针方向而流、南半球的洋流却逆时针方向而流。由赤道而来的自是暖流，由两极方向而来的则是寒流，暖流与寒流交汇处，也是渔场形成的地方，暖流围绕不冻港，寒流却又形成沙漠。因此，这一段诗的洋流，值得我们以较宽广、远大的眼光，探讨来自不同的地方、去向不同的港湾，那一股股不同的洋流，如何冲击台湾现代诗坛。

　　民国初年的新诗坛，尝试的声音初啼，引自西洋的诗的外衣披在中国白话文的身上，这一切新声令人讶异、新奇、欲迎还拒。迎迎拒拒之间，不免都是感性的、冲动的情绪在鼓荡，这样的情绪缺乏理性的引导，是其缺憾。但，无可讳言，拒的人无理性地鼓荡，迎的人就会更冲动地往前冲，这样的力量却又是无可估计的。白话诗迅速蹿升，原是来自这两股不同的潮流。

歌颂青春与爱，歌颂莫名的情绪，我们发现早期的新诗中表露出"翻译的感情"，奔逸、纵放的感情，窜流在尚未纯熟的白话文与西化语之间，仍然是令人欲迎还拒，徐志摩是此一时期的代表性人物。

象征主义出现在中国诗坛之后，现代诗就好像进入一个深邃的山洞，诗人在洞中用力挥锄，回声轰隆，在诗人群中回旋很久，但洞外的大众却茫然无所觉。诗人继续挖掘，向人性的内里挖深，浑然忘记入洞前自己也是群众之一，满足于轰隆隆的山洞里的回声。这样"入洞"而不"入世"、"出家"而又"出国"的写诗方式，应该也会有优秀作品出现。可惜，时间太促，抗日战争爆发，兵马倥偬之际，诗人匆匆奔出山洞，看见炎炎红日高挂中天，鼓舞国人抗日情绪的诗作一篇一篇出现，由"诗人"的诗转而为"宣传家"的诗，诗坛的流向出现了逆流，诗人无暇调整自己的眼光与脚步，看的、说的、做的、写的，无法趋于一致，个人如此，诗坛亦复如此。抗战后期，以至于大陆交易，我们看见众多的诗人"分裂"的人格——作为一个爱人的诗人，还是爱国家的宣传家，孰先孰后？

这样的疑惑一直延续到一九六一年，播迁台湾岛的第十二年，始略见改善。一九四九年以后的台湾诗坛，承袭了抗日的激昂之声，形成反共浪潮，乡愁的声音是浑厚而激奋的。当乡愁的声音转为低沉而内敛时，社会局势已趋于安靖，诗人又回到诗人的"石室"中去，山洞里的雕凿之声，空空洞洞，轰轰隆隆。诗人企图一改反共诗的显豁，深入人心，象征、超现实的探索，无所不用其极，诗的各种可能表现手法，无不一一尝试，留给后起的诗人丰富的产业。十多年的历练，十多年的经验，当新生的一代在山洞口呼唤时，诗人不再空手而出。

一九七一年，新生的一代成长了，民主自由的空气启迪了诗人的心智，"中国的、现实的、乡土的"呼声，传唱诗坛。诗人与真实的阳光见面，不只是对着红色的日头怒吼；诗人与广大的土地握手，不再屈身于阴晦的山洞中呻吟。

当然，在倡行乡土文学的四五年中，也曾出现褊狭的理论。提倡者与反对者之间，都曾走入文学的巷弄里吆喝不已。所幸，这样的"巷战"维持不久，提倡者与反对者偏斜、褊狭的理论销声匿迹。真正的乡土精神留传了下来！一九七一年代末期，更新的一代诗人出发了，他们"掌握"方向，留下"脚印"，怀具"汉广"信念，在"阳光"下"小集"。

在这样阵阵不同的洋流里，独有一股清芬，逐渐弥漫空中，她不影响诗坛上的任何流向，诗坛上的任何水流也无法影响她的清澈，她静静流着，清芬可挹——

她就是席慕蓉，出版了两册诗集《七里香》（一九八一年七月）《无怨的青春》（一九八三年二月），缔造了诗集销售的最高纪录，而且，继续累增中。

在她出版《七里香》之后，我曾说：

席慕蓉的诗是她自己拟设的世界，不会有炎夏酷冬，不会有狂风骤雨，就像她插画里飘扬的发丝、和柔的女体，还有那不尽的细点仿佛不尽的心意。

我曾探讨她写诗的历程：

大学时代，席慕蓉已会做诗填词，古典诗歌的含蓄精神、婉约性格、温柔气质，自然从她的诗中透露出来，不过，她运用的是现代白话，语言的舒散感觉又比古典诗词更让人易于亲近。同时，她不曾浸染于现代诗挣扎蜕化的历程，她的语言不似一般现代诗那样高亢、奇绝。蒙古塞外的豪迈之风很适合现代诗，却未曾重现在她的语字间，清流一般的语言则成为她的一个主要面貌。

她是不是在铺设诗的另一种可能？

当我细读《无怨的青春》之后，我想应该将这册诗集置放于三十多年来在台湾的现代诗史之流里衡量，她的出现与成功，都不应该是偶然。

甚至于可以说，她是现代诗里最容易被发现的"堂奥"，一般诗人却忽略了。或许真是诗家的不幸、诗坛的不幸！

抒情，无疑是中国诗的主流。现代诗在徐志摩之后，"抒情"反而成为诗人的禁忌，特别是一九四九年以后的台湾诗界，不过，有几个现象值得大家注意：譬如，纪弦的现代派提出"主知"的要求，纪弦自己本身却是一个言志的诗人。现代派大将郑愁予被杨牧称为："中国的"中国诗人，自是抒情王国里的王侯人物。再如"创世纪"诗社不是一个善于抒情的集合，享有盛名的诗人，如痖弦的甜柔，洛夫的阳刚、突兀，张默的小调风味，当然都在抒情的范畴里。"蓝星"的余光中、杨牧、罗门，更是调理情感的圣手，甚至于，近几年来《中国时报》"叙事诗"奖的年轻得奖者。我常说：他们得奖的叙事诗往往是"抒情诗的放大"。这样的现象都指陈同一个事实：现代诗仍然是抒情诗的天下，但是，诗人不信、诗人避讳、诗人禁忌——这一个"情"字，不知道为什么。

席慕蓉不管现代诗人的禁忌，她写青春、写爱，而且，迂回而入年轻的激动里——这是现代诗人禁忌中的禁忌，包括中年一代的女诗人。席慕蓉仿佛不知道这些，她写了，读者激动了！

　　　　我相信　满树的花朵

　　　　只源于冰雪中的一粒种子

　　　　我相信三百篇诗

　　　　反复述说着的也就只是

年少时没能说出的

那一个字

——节自《我的信仰》

这是席慕蓉的信仰。人禀七情，有情有爱，当然应该以情爱入诗。

中国是一个含蓄的民族，我们不会将情爱挂在口头上，但我们会"表现"在生活里、"表现"在脉脉注视的一刻。

你殷勤款待因为你是豪富

有着许许多多山中的故事

拂晓的星星　林火　传奇的梅花鹿

你说着　说着

却留神着不对我说　那一个字

——节自《山月　（旧作之一）》

《山月》是她一九六四年的旧作，留神着不说"那一个字"，十八年后，一九八二年八月《我的信仰》里，反复述说着的也就只是"那一个字"。十八年的信仰——坚持

"那一个字"。这是诗人的执著与纯真，人的执著与纯真。

《无怨的青春》一共分为九卷，每一卷之前有一首卷前诗，采散文诗的形式写成，仿佛有其循环式的脉络存在，暗示着每一卷诗的主题。第一卷"无怨的青春"大约更有"开宗明义"的意味，她说："在年轻的时候，如果你爱上了一个人，请你，请你一定要温柔地对待他。"她说："长大了以后，你才会知道，在蓦然回首的刹那，没有怨恨的青春才会了无遗憾，如山冈上那轮静静的满月。"细心的读者会发现，席慕蓉所有的针笔插画，月的造型永远是"山冈上一轮静静的满月"，宁谧、安详、圆满、美。席慕蓉诗中的青春一直是这样无怨的，诗与画的贯通，显示席慕蓉心中的朗然、清明。

提到"圆"的观念，这正是中国天人合一、物我两忘的哲学思想引申到文学境界上的表现，《易经》始"乾"终"未济"，就有循环、补偿的观念存在。青春无怨，因为，席慕蓉的诗也有"圆"的观念，卷七"前缘"的"卷前诗"提出了转世、轮回，她说："人若真能转世，世间若真有轮回，那么，我爱，我们前生曾经是什么?"她自问自答："你若曾是江南采莲的女子，我必是你皓腕下错过的那一朵。你若曾是那个逃学的顽童，我必是从你袋中掉落的那颗崭新的弹珠，在路旁草丛里，目送你毫不知情地远去。你若曾是面壁的高僧，我必是殿前的那一炷香，焚烧着，陪伴过你一段静穆的时光。"这样的一首诗扩大了人间的情爱，续前缘以成后圆，在追求美满的过程里，青春无怨。也因此，我们才可以说，席慕蓉的诗不是肤泛的情诗。

其次，三十多年来，现代诗坛的另一个谣言是"现代诗不押韵"，诗人们认为：好不容易从格律的桎梏里挣脱出来，何苦又掉进另一个新的束缚？真的，绝大部分的现代诗是不押韵的，这恐怕是现代诗曾经失去读者的一个主因，而诗人不自知。

先说古代，从诗经、楚辞、乐府、古诗，一直到词曲，字句的长短会有变化，何处该平、何处该仄会有不同，篇幅的大小没有人计较，但是，"韵"是一定要押的。

再看西洋之镜，一三、二四行押韵，AABB 的形式，行中韵、行末韵的规定，绝对不会比中国绝律词曲来得轻松，而中国诗人充耳不闻。

即以同时代的现代诗人而言，诗集行销多年，长期获得读者喜爱的诗人，大约包括余光中、周梦蝶、痖弦、郑愁予、杨牧、罗青等人，他们的共同点就是：诗，敢于押韵。

不一定一韵到底，不一定 o、ou 分清，不一定 en、eng 有别，《无怨的青春》里，六十九首诗中，难以找到一首不押韵的诗，这对其他诗集而言，是令人"骇异"的现象，席慕蓉却一向如此安排她的诗，让她们有段、有行、有逗，抑扬顿挫，形成声色俱美的有情世界。

其实　我盼望的

也不过就只是那一瞬

我从没要求过　你给我

你的一生

如果能在开满了栀子花的山坡上

与你相遇　如果能

深深地爱过一次再别离

那么　再长久的一生

不也就只是　就只是

回首时

那短短的一瞬

——《盼望》

　　押韵，错落有致，不需要采取严谨的格式，以"盼望"来分析，"一瞬"与"一生"是时间的对比，声母"sh"相同，韵母 en、eng 不分，介音 u 一有一无，在这首诗里形成押韵。第一段的"过"与"我"是另一组押韵的现象。细心的话，第一行的"实"与第二行的"是"，平仄不同，也是相协，而且，可以遥映第三段的二"是"一"时"。同样的情况，第一行"相望"的"望"呼应第二段第一行的"上"，第一段的"过""我"也在第三段有"那么"的回响。

　　同理，第二段的协韵字，明显的是"过"与"离"，隐藏式的是"与""你""地""一"。两个"能"字前应后呼"瞬"与"生"，应该也是深思熟虑的安排。

　　这样的押韵不似古诗呆板的偶数句的韵脚，转而能有韵有变化，声音不至于泥滞，特别提举出来，供诗人们吟诵时参考。

最后再提一件现代诗人的忌讳，而席慕蓉却在诗中特意铺展的事，那就是现代诗人迷信诗中不该存留本事，重要的是抒陈诗人的感觉，情节故事应该滤除。

大部分的诗人不给读者本事，少部分的诗人说故事给读者听，却未能带出感动。席慕蓉则在寻得"爱"的意义之后，拟设了不同的情境，烘托了爱。那些本事当然不一定是诗人本身的遭遇，却也不一定不是读者可能的邂逅——"生命的迷人之处，亲爱的朋友啊！不也就都在这些地方了吗?"

所以，很多读者告诉我，他们在席慕蓉的诗中遇见害羞的自己。

有时候只是一两句诗，却让人冥想一个下午：

已经忘了埋葬时的方位
只记得哭的时候是朝着斜阳

我本不该流泪
明知地下长眠的不一定是你

读这样的诗句，令人不能不爱上"那样不堪的青春"。

当然，如果是一首完整的诗，充满了"小说企图"，更会有惊心动魄的感觉，我喜欢《融雪的时刻》这首诗，读来真有"青春无怨，新诗无怨"那种"了无遗憾"的"满月"的欣喜：

当她沉睡时

他正走在融雪的小镇上

渴念着旧日的

星群　并且在

冰块互相撞击的河流前

轻声地

呼唤着她的名字

而在南国的夜里

一切是如常的沉寂

除了几瓣疲倦的花瓣

因风

落在她的窗前

三十多年的现代诗坛罕言"情""韵""事",读《无怨的青春》却充溢着"情""韵""事",清新、讶异,仿佛遇到知己的那种感觉,应该就是"情""韵""事"三个特性所糅合而成。我常以为中国文学是"人的文学"、是"情的文学"、是"字的文学"、是"圆的文学",席慕蓉的诗深具这四种特色,是值得一探究竟的现代堂奥。

原载于一九八三年七月

《文艺》月刊 169 期

席慕蓉书目

◇诗　集

◇诗　选

1994. 2	河流之歌	北京三联
1997. 6	时间草原	上海文艺
2000. 5	世纪诗选	尔雅
2001	Across the Darkness of the River（张淑丽英译）GREEN INTEGER	
2002. 1	梦中戈壁（蒙汉对照）	北京民族
2003. 9	在黑暗的河流上	南海
2009. 2	契丹的玫瑰（日文诗集·池上贞子译）日本东京思潮社	

◇ 画　册

1979. 7	画诗（素描与诗）	皇冠
1987. 5	山水（油画）	敦煌艺术中心
1991. 7	花季（油画）	清韵艺术中心
1992. 6	涉江采芙蓉（油画）	清韵艺术中心
1997. 11	一日一生（油画与诗）	敦煌艺术中心
2002. 12	席慕蓉（40 年回顾）	圆神
2014. 11	旷野·繁花	敦煌画廊

◇ 散文集

1982. 3	成长的痕迹	尔雅
1982. 3	画出心中的彩虹	尔雅
1983. 10	有一首歌	洪范
1985. 3	同心集	九歌
1985. 10	写给幸福	尔雅
1989. 1	信物	圆神

1989.3　　写生者　大雁

1990.7　　我的家在高原上　圆神

1991.5　　江山有待　洪范

1994.2　　写生者　洪范

1996.7　　黄羊·玫瑰·飞鱼　尔雅

1997.5　　大雁之歌　皇冠

2002.2　　金色的马鞍　九歌

2003.2　　诺恩吉雅（我的蒙古文化笔记）　正中

2004.1　　我的家在高原上（新版）　圆神

2004.9　　人间烟火　九歌

2007.3　　2006 席慕蓉　尔雅

2008.7　　宁静的巨大　圆神

2013.9　　写给海日汗的 21 封信　圆神

2017.7　　我给记忆命名　尔雅

◇散文选

1988.3　　在那遥远的地方　圆神

1997.6　　生命的滋味　上海文艺

1997.6　　意象的暗记　上海文艺

1997.6　　我的家在高原上　上海文艺

1999.12　与美同行　上海文汇

2000　　　我的家在高原上（息立尔蒙文版）
　　　　　蒙古国前卫

2002.6　　胡马·胡马（蒙文版）　内蒙古人民

2002.12　走马　上海文汇

2003.9　　槭树下的家　南海

附注：《三弦》与张晓风、爱亚合著。《同心集》与刘海北合著。《在那遥远的地方》摄影林东生。《我的家在高原上》摄影王行恭。《水与石的对话》与蒋勋合著，摄影安世中。《走马》摄影与白龙合作。《诺恩吉雅》摄影与白龙、护和、东哈达、孟和那顺合作。《我的家在高原上》（新版）摄影与林东生、王行恭、白龙、护和、毛传凯合作。

图书在版编目（ＣＩＰ）数据

无怨的青春 / 席慕蓉著.-- 武汉：长江文艺出版
社，2017.9（2021.9 重印）
　（席慕蓉诗集：礼享版）
　ISBN 978-7-5354-9546-4

　Ⅰ．①无… Ⅱ．①席… Ⅲ．①诗集－中国－当代
Ⅳ．①I227

中国版本图书馆 CIP 数据核字(2017)第 053181 号

本书经由圆神出版社授权长江文艺出版社出版简体中文版（纸本平装书）
湖北省版权局著作权合同登记　图字 17-2016-303 号

责任编辑：孙　琳　李　潇　方　莹　刘程程
特约策划：高　娟　　　　　　　　责任校对：毛　娟
封面设计：壹　诺　　　　　　　　责任印制：邱　莉　　王光兴

出版：　长江出版传媒｜长江文艺出版社

地址：武汉市雄楚大街 268 号　　　邮编：430070
发行：长江文艺出版社
http://www.cjlap.com
印刷：湖北新华印务有限公司

开本：880 毫米×1230 毫米　　1/32　　印张：6.375　插页：2 页
版次：2017 年 9 月第 1 版　　　　2021 年 9 月第 5 次印刷
行数：2780 行

定价：32.80 元